Citron, fraise et chocolat

Kochka est née dans un pays d'Orient où les citronniers sont rois.
Les fraises, elle les aime des bois.
Et, en hiver, elle engrange du chocolat noir dans ses placards. C'est pour en manger sous la couette devant le film du soir.

ISBN 2-84420-247-0
Loi n° 49-956 du 16 juillet 1949
sur les publications destinées à la jeunesse
Conception graphique : Bärbel Paulitsch

Kochka

Citron, fraise et chocolat

Petite Poche

À mon grand-père Joseph

1

Le départ chez grand-père
s'est décidé d'un seul coup.
Le téléphone venait de sonner.
En général, à cette heure-là,
c'était papa. Mais pas cette fois.

Maman a décroché et m'a envoyé
dans ma chambre. Quelques minutes
après, elle est rentrée, a fourré
des habits à moi dans un sac,

et m'a annoncé qu'on partait
chez grand-père.

2

On était un soir de semaine, il était tard pour une visite. En plus grand-père habite une petite maison à Fontenay dans la banlieue parisienne, et ce n'est pas vraiment tout près. J'ai demandé :

– On n'attend pas papa ?

Maman a répondu :

– Non.

Je lui ai rappelé :
– On est lundi tu sais ;
demain il y a école.
Elle m'a répondu :
– Ce n'est pas grave.

Alors je n'ai plus rien demandé. Je suis monté à l'arrière de la voiture avec un mauvais sentiment. Maman s'est tue tout le long du trajet. Elle n'aime pas conduire de nuit, et encore moins sous la pluie. À Fontenay, grand-père nous attendait sous le porche. Maman m'a pris la main comme si j'étais un bébé –

j'avais pourtant six ans passés – puis,
de son autre main, elle a pris le sac,
et elle nous a donnés à grand-père.
Un chat a miaulé quelque part.
J'ai voulu voir où il était,
mais maman a pris mon visage
et a mis ses yeux dans les miens.
Sa bouche ne disait rien
mais j'entendais ses pensées :
« Tu es mon grand garçon tu sais ;
je t'aime ; ne pose pas de question ;
je vais faire mon possible ;
tu vas rester avec grand-père. »

Ensuite, elle a parlé dans les yeux
de grand-père, mais ça a duré

moins longtemps. Puis elle m'a serré fort, a regagné la voiture, a claqué la portière et la voiture est partie.

3

Avec grand-père, on est restés pendant un moment sans bouger. Quelque chose s'était cassé dans l'écoulement normal du temps, on avait du mal à repartir.

Puis grand-père m'a dit :

– Viens !

Il y a une cheminée dans la maison

de Fontenay mais il y a aussi des radiateurs, alors, sauf à Noël, grand-père ne fait pas de feu. Pourtant, ce soir-là, il m'a demandé :

– Va chercher du bois, Lucas.

Le petit bois est rangé dans la pièce des réserves. Grand-père s'est agenouillé :

– On va faire le feu sans journal, m'a-t-il dit. Comme si le feu était plus beau quand il est plus difficile à faire.

Il a pris le petit bois dans ses vieilles mains, l'a frotté et l'a disposé. Ensuite il a craqué une allumette, puis une deuxième. Le feu a pris tout doucement dans le petit bois puis il s'est attaqué aux bûches. Quand il est devenu magnifique, grand-père a approché le canapé, a pris des couvertures, s'est assis, et m'a fait signe de venir. Je me suis allongé, la tête sur ses genoux. Les flammes jouaient dans la pièce. J'étais à l'abri comme dans une grotte. Dehors c'était la nuit noire et il pleuvait. Ainsi je me suis endormi dans la chaleur du feu, avec grand-père qui me caressait les cheveux.

4

À mon réveil le lendemain, le feu avait disparu ; il n'y avait plus que des cendres. Grand-père avait quitté la pièce et, à la place de ses genoux, je dormais sur un coussin. Je me suis levé et l'ai rejoint dans la cuisine. Il était vieux. Ses pantoufles frottaient sur le carrelage et ses gestes étaient lents.

– Est-ce que tu sais faire le café, Lucas ?

J'ai ri :

– Non, grand-père, je n'en bois pas. Je ne bois que du chocolat.

Et j'ai ajouté :

– À la maison le café, il n'y a que maman qui en boit, mais c'est papa qui le fait.

– Alors je vais t'apprendre, m'a dit grand-père en prenant une casserole. Maintenant, tu dois savoir faire le café.

La casserole était un peu cabossée. Grand-père a pris de l'eau du robinet, une tasse ébréchée, et il a pris aussi un bocal de café.

– Qu'importe les ingrédients, Lucas, m'a t-il dit ; la seule chose importante, c'est la pensée que tu mets en secret dans la tasse avant de verser le café. C'est la goutte d'espoir que tu caches dans le fond du café.

Ce matin-là, loin des regards, grand-père m'a montré comment cacher des gouttes d'espoir et, le même soir, entouré par lui et par maman, j'ai appris la mort de mon père. Sa moto avait glissé à cause de la pluie et un camion l'avait heurtée, projetant papa dans un champ le long de l'autoroute.

Il était mort mais il n'y avait pas eu de sang. Les médecins ont dit qu'il n'avait pas eu mal. Il était mort sur le coup.

5

Je n'ai pas pleuré dans les jours qui ont suivi. J'avais bien entendu que papa était mort et j'étais allé à l'enterrement, mais je n'avais pas réalisé. C'est seulement quand les jours ont passé et que maman a enlevé les affaires de papa que j'ai compris qu'il serait parti pour toujours.

Comme il y avait plein de vide
dans les placards, on est allés
au supermarché avec maman
et on a rempli un Caddie de bonbons
aux goûts cachés. Ce sont
des bonbons aux goûts différents
qui se cachent derrière des papiers
identiques. La caissière a cru
que c'était pour toute l'école.
On lui a dit que non,
que c'était juste pour deux.
Elle n'en croyait pas ses yeux !
De retour à la maison,
on les a mis sur les étagères
à la place des affaires de papa
et on a décidé les règles.

1. Ces bonbons seront
des baisers de papa.

2. On en prendra un au hasard
chaque soir au moment du coucher.

3. Après, bien sûr,
on ira se brosser les dents.

4. Les bonbons au citron
seront des petits baisers.

5. Ceux à la fraise
seront des moyens baisers.

6. Ceux au chocolat
seront des baisers maximums !

J'ai souvent tiré ceux au chocolat et maman disait que j'étais un petit veinard. La journée,

elle ne montrait pas sa peine ;
elle la cachait dans la nuit.
Je ne lui ai jamais dit que je le savais,
parce que c'était son secret.

Un matin, après une nuit
où elle avait beaucoup pleuré,
j'ai proposé de lui préparer
son petit déjeuner. J'avais dans l'idée
de glisser une goutte d'espoir
dans sa tasse de café.
Mais elle a refusé.
– La cuisinière, m'a-t-elle dit,
c'est dangereux pour les enfants !
Et tu n'as pas du tout le droit
de verser de liquide brûlant !

J'étais si triste que j'ai emporté le téléphone dans ma chambre pour téléphoner à grand-père.

6

Grand-père met toujours longtemps avant de décrocher. J'ai compté jusqu'à dix en imaginant ses pantoufles souffler sur le carrelage. À la onzième sonnerie, il était au bout du fil.

– Bonjour, grand-père, c'est Lucas.

– Bonjour, Lucas. Quel bonheur de t'entendre !

– Grand-père, je t'appelle pour le café.

– Chut, Lucas, j'espère bien que tu es tout seul !

Je lui ai dit :

– Je t'appelle de ma chambre et la porte est fermée.

Il m'a dit :

– Très bien, je t'écoute mon garçon.

Et je lui ai tout raconté.

Grand-père a le don de savoir écouter. Quand j'ai raccroché, j'étais entièrement rassuré.

Pour que le philtre fonctionne, je devais :

1. Être le premier à déposer
la pensée au fond de la tasse.

2. Je devais la déposer juste
avant le versement du café.
Parce que les pensées sont volages
comme les papillons : si on ne
les emprisonne pas tout de suite,
elles en profitent pour s'envoler.

3. Maman ne devait rien savoir.

4. Je devais être très patient car
il faudrait un océan de gouttes d'espoir
pour éponger la mer de larmes.

– Pour le reste, avait dit grand-père,
peu importe qui chauffe l'eau
et qui verse le café. Et, en plus,

ne t'inquiète pas si elle ne boit pas toute la tasse : le vœu secret passe dans la première gorgée.

7

Dès le lendemain, j'ai décidé de commencer. Au réveil de maman, j'ai couru dans la cuisine pour lui préparer sa tasse. Ensuite j'ai attendu pour formuler mon vœu qu'elle soit prête à verser son café.
Mon vœu était qu'elle ne pleure plus jamais!

Pendant deux années, matin après matin, j'ai déposé ma goutte d'espoir, quand, un après-midi, je l'ai entendue chanter ! Depuis la mort de papa, elle n'avait plus jamais chanté ! J'étais si heureux, il fallait fêter ça !

J'ai proposé un dîner jambon-chips et on a regardé *Peter Pan* à cause du pays imaginaire où on ne grandit jamais. Là-bas, m'a dit maman, il n'y a pas de pluie, pas d'autoroute, pas de cimetière. Au moment du coucher, on a tiré tous les deux un bonbon au goût chocolat ! C'était une très bonne soirée !

Mais, le lendemain matin,
dans la cuisine, maman m'a parlé
d'un autre homme : un nouvel ami ;
un troisième homme dans sa vie !
Jusqu'à présent, il y avait papa et moi.
Et maintenant il y avait lui !

Elle l'avait invité à venir chez nous
le samedi suivant, pour dîner.
J'ai senti mon cœur se fermer
d'un seul coup ! J'ai pensé :
« Pas question ! Jamais !
Je ne le verrai jamais ! »

8

Le samedi matin est arrivé. Puis le samedi soir et le dîner. Maman avait mis une belle table pour trois avec des serviettes en tissu et le chandelier.

Quand l'interphone a sonné, j'ai couru aux toilettes et je me suis enfermé. Maman m'a appelé plein de fois, puis elle est venue frapper.

– Est-ce que tu es malade, Lucas ?

J'ai dit :

– Non, mais je ne sortirai pas.

Elle m'a supplié et encore supplié. À lui, elle disait qu'elle était désolée. Puis elle s'est fâchée :

– Allez viens maintenant, Lucas ! Arrête ton cinéma ! Tu vas sortir s'il te plaît !

Notre appartement est sonore et, en tendant l'oreille, je les entendais. Le nouvel ami, qui s'appelait Frank, lui a dit :

– Ne t'inquiète pas, laisse-le. Il sortira quand il aura faim.

Il parlait de moi comme d'un chien. J'ai tout de suite détesté sa voix. Plus tard, il est parti. C'était tôt pour des adultes et pour un samedi soir, mais maman ne supportait pas de me savoir enfermé. Sitôt que j'ai entendu le bruit de la porte, je suis sorti. Elle m'a dit que j'avais gâché sa soirée.

Ça m'était bien égal et je ne l'écoutais pas. En plus c'était l'heure du baiser de papa. J'ai ouvert le placard, pris un bonbon, et j'ai refermé le placard. Puis je lui ai dit :

– Toi, tu n'y as pas droit.
Ce soir, papa ne t'embrasse pas.

Cette nuit-là, je me suis réveillé parce que j'avais très faim. Maman pleurait dans sa chambre. C'était ma faute : elle n'avait pas eu son baiser. J'ai bondi hors de mon lit et j'ai foncé dans le placard. Là, j'ai pris un bonbon après en avoir reniflé plusieurs. Il fallait absolument qu'elle en ait un au goût de chocolat. Elle m'a pris dans ses bras :

– Personne ne remplacera ton papa, Lucas. Il est planté

dans mon cœur comme un chêne. Mais c'est plus facile de pleurer que de rire. Et maintenant il est temps de rire !

Le lendemain, j'ai téléphoné à grand-père pour lui raconter cette histoire, et grand-père s'est exclamé :

– Tu sais, elle est merveilleuse ta maman, Lucas !

9

Les vacances de Pâques approchaient à grands pas. Frank est propriétaire d'une petite maison sur la plage en Bretagne.

– Il nous invite, m'a dit maman, si tu veux bien.

Il n'était pas revenu chez nous depuis la soirée gâchée. Je n'ai pas eu à réfléchir longtemps ; j'étais d'accord,

à condition qu'on emporte
des bonbons aux goûts cachés.
Maman en a rempli son sac
et elle a appelé Frank.

– On veut bien venir ! lui a-t-elle dit.
Lucas est d'accord !

Elle avait l'air très heureuse.

Le jour venu, on est montés
dans la voiture avec un panier
plein de courses. J'étais un peu inquiet
mais le temps était beau
et c'était comme un jour de fête.

On a roulé pendant sept heures
et on s'est perdus plein de fois.
Maman ne sait pas lire les cartes.

Papa se moquait toujours d'elle
à cause de ça. Il disait : « Ça y est
Lucas, ta maman a pris la carte.
Nous serons bientôt définitivement
perdus. »

Finalement, quand on est arrivés
le soleil se couchait.

10

L'endroit était presque désert
et Frank nous attendait.

Il était grand, beaucoup moins beau que papa, mais il souriait. Il nous a fait visiter sa maison ; les trois chambres, le salon et la cheminée. On a mangé sur la plage et maman a souhaité se coucher tôt à cause de la route qui l'avait épuisée. Frank m'a proposé une promenade au bord de l'eau. On est partis les mains dans les poches. La marée était haute et les vagues étaient noires. Au retour il faisait un peu froid. Frank m'a proposé un verre de lait chaud avec une cuillère de miel.

– Demain, avec ta maman, m'a t-il dit, on fera une veillée au coin du feu.

Je lui ai dit :

– Grand-père fait le feu sans journal.

Il m'a répondu :

– Moi aussi.

Je lui ai demandé :
– Qu'est-ce que tu bois le matin ?
Il m'a répondu :
– Du thé.
Je lui ai dit :
– Maman boit du café.
Est-ce que tu sais faire le café ?
Il m'a demandé :
– Du café filtre ou alors
de l'expresso ?
Je lui ai répondu :
– Qu'importe la sorte de café,
et qu'importe les ingrédients.
La seule chose importante,
c'est la pensée que tu mets en secret
dans la tasse avant de verser le café.

Et je lui ai tout expliqué.

Le lendemain matin, maman s'apprêtait à verser son café et on était comme deux mouches agglutinées autour d'elle. On regardait dans sa tasse. Je ne sais pas quelle pensée est arrivée la première, si c'est la mienne ou celle de Frank, mais on a éclaté de rire et maman n'a rien compris ! Alors, du fond de moi, la voix de papa a jailli : « Je vous aime, Lucas. Riez encore ! Riez ! »

Du coup, j'ai regardé Frank,

qui regardait maman, et j'ai couru dans le sac prendre un bonbon au goût caché. Il avait : LE GOÛT DU CHOCOLAT !

CET OUVRAGE A ÉTÉ ACHEVÉ D'IMPRIMER
AU COIN DU FEU POUR LE COMPTE DES ÉDITIONS
THIERRY MAGNIER PAR L'IMPRIMERIE
TECHNIC IMPRIM À 91 LES ULIS EN FÉVRIER
2005 (2e ÉDITION) DÉPÔT LÉGAL : MAI 2003

Imprimé en France